AF300819

Die Weissagungen des Mirayi

Der Anfang vom Ende

Sonja Schmidt

© Sonja Schmidt, 2025

Verlag:

BoD · Books on Demand GmbH,

Überseering 33, 22297 Hamburg,

bod@bod.de

Druck:

Libri Plureos GmbH, Friedensallee 273,

22763 Hamburg

ISBN: 978-3-8192-1329-8

dem Flörch und dem Fiete

**Erst wenn der letzte Baum gerodet,
der letzte Fluss vergiftet,
der letzte Fisch gefangen ist,
werdet ihr feststellen,
dass man Geld nicht essen kann.**

Weissagung der Cree

Inhaltsverzeichnis

Prolog

Wir hatten „Unterm Rad" gelesen und „Die Leiden des jungen Werther", damals in den 80er Jahren im Deutschkurs bei diesem zerbrechlich wirkenden Achtundsechziger mit Halbglatze, der seinen Pullover auf links trug, mit der Waschanleitung sichtbar nach vorne.

Wir mussten unzählige Erörterungen schreiben, über Themen wie „Pro und Contra 5%-Klausel". Ich brachte es nur auf eine Drei, manchmal prangte auch frech eine Vier auf meinem Zeugnis.

Der bärtige Alternative, in den die Mädchen verliebt waren, unterrichtete in „Werte und Normen" Demokratietheorie, arbeitete mit uns Texte von Adorno und Marcuse durch und sorgte dafür, dass wir regelmäßig „Informationen zur politischen Bildung" studierten. Auf diesen schwarzen Heften prangten meist düstere Schwarz-weiß-Fotos aus der deutschen Vergangenheit oder Abbildungen von Pershings und Cruise-Missiles, die uns Angst machten. Wir erfuhren, dass die Waffen aus Ost und

West ausreichten, um die Welt unzählige Male komplett zu zerstören.

Morgens im Religionsunterricht nahmen wir Franz Alts „Frieden ist möglich" durch, am Nachmittag donnerten Düsenjäger mit ohrenbetäubendem Lärm über unser idyllisches, kleines Dorf in der Lüneburger Heide. Einmal war einer von ihnen abgestürzt und wir fuhren mit unseren Rädern, die Stelle zu suchen. Marcos mit den strahlend weißen Zähnen und der bronzefarbenen Haut hatte als Einziger ein Bonanzafahrrad und ich durfte manchmal hinten auf dem langen Sitz mitfahren. An dem Tag wollte ich nicht.

Hatte ich mir als Kind vorgenommen, mich im nächsten Krieg auf den Fußboden zu legen und so zu tun als sei ich schon tot, immer wenn mein geliebter Großvater von seiner Gefangennahme und der Zeit beim „Iwan" in einem Kriegsgefangenenlager erzählte, so war mir spätestens im Alter von vierzehn Jahren klar, dass diese meine Strategie mir angesichts der Apokalypse, die uns im Falle eines Atomkriegs drohte, nicht helfen würde. Dass Europa das

Schlachtfeld wäre, auf dem die Westmächte und der Ostblock um die Vormachtstellung in der Welt kämpfen würden, hatten wir verstanden. Gleichzeitig verunsicherte man uns Baby-Boomer mit Aussagen über schlechte Chancen auf dem Arbeitsmarkt, mit der Aussicht auf eine Zukunft in Arbeitslosigkeit und Armut, und, als sei dem Schrecklichen noch nicht genug, prognostizierte Hoimar von Ditfurth abends im ZDF den bevorstehenden Klimawandel und seine bedrohlichen Folgen. Von den Gefahren der Atomkraft ganz zu schweigen.

Alles das war auf uns eingeprasselt und wir versuchten, damit umzugehen, es irgendwie zu verarbeiten. Markus` Beitrag in den Diskussionen begrenzte sich auf den Satz: „Bei uns kommt der Strom aus der Steckdose". Raimond und Geli strickten sich Jacken aus unbehandelter Schafwolle und fertigten Knöpfe aus Holz. Anke, Winfried und die Frickels trieb es langhaarig und in bunt gebatikten Hosen und Halstüchern ins Wendland.

Ich schrieb. Schriftstellerin wollte ich schon so lange werden wie ich denken konnte, aber das war „brotlose Kunst". Schließlich konnte nicht jeder ein Hermann Hesse oder ein Johann Wolfgang von Goethe werden. Was bildete ich mir ein? Resigniert schrieb ich die Worte aus Thomas Manns „Tonio Kröger" in mein Tagebuch:

> „Deine länglich geschnittenen, blauen, lachenden Augen, (...)! So schön und heiter wie du kann man nur sein, wenn man nicht >Immensee< liest und niemals versucht, selbst dergleichen zu machen. Das ist das Traurige!"

Schön und heiter wäre ich gern gewesen. Stattdessen war ich traurig, hatte Angst. So viel Angst! Fast immer.

Heute wohne ich in einem kleinen Reihenhaus, das ich mein Eigen nennen darf, denn mit dem Leben hat es dann doch irgendwie geklappt.

In unmittelbarer Nähe befindet sich ein Fliegerhorst. Vor 77 Jahren starteten hier die Rosinenbomber in Richtung West-Berlin. Die Vorstellung hat mir immer gefallen und ich erinnere mich, wie ich in den 1990ern mit meinem kleinen Sohn durch den alten Maschendrahtzaun hindurch das Landen und Starten der zweimotorigen Transportflugzeuge beobachtet habe. In den letzten 25 Jahren war es dort recht ruhig.

In letzter Zeit aber höre ich immer häufiger Bollern und Dröhnen vom Fliegerhorst herüberschallen.

Manchmal in der Nacht, noch halb gefangen in einem Traum, will ich den schmalen Flur entlang über den gelb gemusterten Teppich ins Schlafzimmer meiner Eltern laufen. „Mama!", schreie ich und werde schlag-artig wach.

Aus dem Bett springe ich ans Dachfenster und sehe am Horizont das Leuchten der Landebahnlichter. Im Haus ist es ganz still. Ich bin allein. Kalter Schweiß läuft mir die Schläfen hinab.

Während ich dieses hier jetzt schreibe, vergegenwärtigt es sich mir wieder, wie wir uns damals fühlten. Ich kann verstehen, warum diese junge Frau, welche ich 1987 war, ein Jahr nach „Tschernobyl" und nach dem viel zu frühen Tod ihres geliebten Vaters, *Die Weissagungen des Mirayi* geschrieben hat.

Die Weissagungen des Mirayi -
Der Anfang vom Ende

Eines Tages kam ein alter weiser Mann von den Bergen. Man begrüßte ihn herzlich, gab ihm zu essen und zu trinken und bat ihn an das wärmende Feuer. Da begann der Mann zu erzählen:

„Freunde, ich werde euch von Dingen berichten, die ebenso wundersam und unglaublich wie auch schrecklich sind. Doch ich verspreche euch, alles, was ich sagen werde, entspricht der Wahrheit. Vor zwei Monden etwa erreichte ich die Bergspitze des mächtigen Mirayi, wohin kein menschlicher Ton dringt, wo man allein ist und dem Himmel am nächsten. Die Sonne schien auf den glitzernden Schnee, dass die Welt aussah wie von tausend und abertausend Diamanten bedeckt. Der Wind wehte und trieb ein paar Wolken zu seltsamen Gebilden geformt vor sich her. Ich suchte mir einen Platz und setzte mich zur Andacht nieder. So saß ich viele Stunden, sah die Sonne sich am Horizont zur Ruhe legen und den Mond sah ich aufgehen. Als es ganz dunkel geworden war und auch der Wind verstummte, vernahm ich plötzlich ein leises Rauschen in der Luft. Ich sah mich um, konnte jedoch in der Dunkelheit nichts entdecken. Da mit einem Mal sprach eine Stimme zu mir:

>Alter Mann, ich habe dich ausgewählt, du sollst der Auserwählte sein<

In dem Moment war mir, als hätte sich jemand, ein Unsichtbarer, neben mir niedergelassen. Ein Schaudern durchlief meinen Leib, doch bevor ich noch etwas zu sagen vermochte, fuhr die Stimme fort.

>Du, alter und weiser Mann bist auserwählt, die Menschen über die Zukunft zu unterrichten. Höre gut zu und merke dir alles. Heute ist der Tag aller Tage, die Stunde aller Stunden. Es soll über das Schicksal der Menschen für alle Zeit entschieden werden! Alles liegt bereit, dem Menschen das Licht der Erkenntnis, den Drang und das Vermögen zu Erfindung und Neuschöpfung zu vermachen. Wenn sie denn wollen...

Ich werde dir die Weissagungen des Mirayi eröffnen. Danach sollst du gehen, die Menschen zu unterrichten und zu befragen. Ich lege dir einen Stab zu Füßen. Den sollst du nehmen und mir, sobald du die Antwort kennst, bei vollem Monde in den Fluss werfen. Stimmen die Menschen gegen die Zukunft, wirf ihn ganz hinein, stimmen sie dafür, zerbrich` ihn, bevor du ihn in zwei Teilen dem Wasser übergibst<"

Durch die Reihen der Zuhörer ging ein Raunen. Neugierige Blicke hefteten sich an den Fremden, aus dessen Mund sie so Unglaubliches vernahmen. Wem war er dort oben in der Einsamkeit begegnet? Von wem kamen die seltsamen Worte? War es der Geist des Berges, der Geist des mächtigen Mirayis, der Herrscher über Wind und Himmel, der sich nicht zu erkennen geben wollte? Und was würden sie nun gleich zu wissen bekommen?

Nach einer kurzen Pause, in der der Alte stumm vor sich hin geblickt und die Stirn in Falten gelegt hatte, sprach er weiter:

„Da sah ich einen Stab vor mir liegen und ich nahm ihn an mich. Sogleich sprach die Stimme weiter. Sie klang sehr tief und sonor in meinen Ohren. Ich müsse den Berg hinabzusteigen und in dieses Dorf gehen, um hier eine Abstimmung durchzuführen, eine Abstimmung darüber, ob und in welcher Gestalt die Menschheitsgeschichte fortschreiten solle. Wir stünden an einem Scheideweg und es wäre ein einmaliger, niemals wiederkehrender Moment in des Menschen Dasein. Man täte gut daran, weise zu entscheiden, denn die Entscheidung bestimme unwiderruflich und für alle Zeit und Ewigkeit unser Schicksal.

Es war so still geworden, dass man neben dem Knistern des Feuers, den schweren Atem des alten Mannes hören konnte.

„Nun werde ich die Zukunft der Menschheit voraussagen, wie sie mir die Stimme kundgetan. Bedenkt, ich bin ein alter Mann und meine Gedanken können nicht mehr so geordnet sein wie die eines Jünglings, aber ich denke, das Wichtigste behalten zu haben. Euch kommt die Aufgabe zu, zu hören und zu verstehen, auf dass ihr eine Entscheidung zu treffen in der Lage sein werdet. Bin ich also mit meinem Bericht zu einem Ende gelangt, wird die Frage an euch lauten: Soll es eine Zukunft geben mit Veränderungen, Fortschritt und Erfindungen oder soll das Leben so bleiben wie es ist, in den gleichen bekannten und vertrauten Bahnen weiterlaufen?“

„ Alles soll so bleiben wie es ist!", rief einer der Männer sofort. „Ja, es ist gut so wie es jetzt ist", schloss sich eine aufgeregte Frauenstimme an. „Wir sind doch zufrieden, oder etwa nicht?"

Der weise Mann lächelte und schwieg.

Da fragte einer: „Wie soll sie denn aussehen? Die Zukunft?"- „Ja genau! Wie soll sie aussehen?", fragten die Neugierigen und Wissensdurstigen aus der Runde.

Da begann der alte weise Mann, ihnen von der Zukunft zu erzählen.

„Die Zukunft wird voller Entwicklungen sein, voller Erfindungen. Niemals wird das Rad der Zeit stehenbleiben, das Stunde um Stunde neue Veränderungen mit sich bringen wird.

Die Menschen werden Dinge tun, Großes vollbringen und Niederes treiben, von dem hier keiner unter uns auch nur eine leiseste Ahnung hat.

Das Erste, an das ich mich erinnere, ist, dass die Menschen lernen werden, ihre

Hütten aus Stein zu Bauen. Es werden Hütten sein, die hoch in den Himmel ragen, höher als der höchste Baum wächst, den wir je gesehen, so hoch, dass wir den Freund, der darin wohnt, mit bloßem Auge nicht mehr erkennen können. Diese Steinhütten werden Löcher haben, durch die man schauen, nicht aber greifen kann, so dass Licht hineinströmen wird, nicht jedoch der Wind.

 Nun fragt ihr euch, wie wohl die Menschen so hoch auf ihre Hütte klettern sollen. Ich kann es euch sagen. In der Zukunft müssen die Menschen nicht mehr klettern. Eine Korb, oder sagen wir ein Gefäß, aus einem glänzenden Material fliegt sie per Druck auf eine kleine Perle in die Höhe!“

„Unglaublich!“, -„Nicht vorstellbar!“, -„Gelogen!“ Aufregung machte sich augenblicklich unter den Dorfbewohnern breit. Da stand der älteste von ihnen auf und alle schwiegen, um ihn anzuhören.

„Lasst den Mann weitererzählen“, bat er, „vergesst nicht, er sagte, er wolle nur die Wahrheit sprechen. Also ist es auch die Wahrheit.“

So nickten denn alle und ließen den Weisen weitersprechen.

„Ja, lasst mich meinen Auftrag erfüllen und euch berichten. Es kommen noch viele Wunderlichkeiten, die ihr nicht gleich zu glauben gewillt sein werdet.

So wie ich sagte, dass die Menschen nicht mehr auf die Hütten in die Höhe klettern werden müssen, so brauchen sie auch nicht mehr zu Fuß ins Nachbardorf zu laufen. Menschen werden verschiedene Adern durch das Land ziehen, auf denen sie in Gefäßen und Körben unterschiedlichster Art hin und her getragen werden. Und niemand wird gebraucht, diese zu ziehen, kein Mensch und kein Tier. Der Mensch wird gelernt haben, die Gefäße und Körbe sich selber fortbewegen zu lassen.

Aber damit nicht genug! Man wird auch in solchen Gefäßen und Körben durch die Luft fliegen, wie die Vögel werden die Menschen in den Himmel zu den Wolken aufsteigen und Berge und Meere überqueren.“

Wieder entstand eine spürbare Unruhe unter den Zuhörern, doch diesmal wagte es niemand, den Weisen zu unterbrechen oder gar seine Rede in Zweifel zu ziehen. Man ließ ihn sprechen und hörte zu. Der Alte ließ seinen Blick ernst in die Ferne schweifen.

„Die Menschen werden noch weiter fliegen als die Vögel, bis hinauf zu den Lichtern werden sie fliegen, die wir in der Nacht als kleine leuchtende Punkte am Himmelszelt entdecken.“

Die Dorfbewohner schauten staunend zum Himmel hoch und raunten: „Dort hinauf!“, - „Die Menschen werden mächtig sein!“, - „Sie werden Götter sein!“ Der älteste unter ihnen runzelte die Stirn, sein Nebenmann fuhr sich nachdenklich durch den Bart. Die meist jüngeren aber schauten aufgeregt und gar vergnügt hinauf und wandten sich dann wieder neugierig und wissensdurstig dem Weisen und seiner Rede zu.

„Glaubt nicht, dass all die Dinge, die ich euch erzähle, Wunder sind, die einfach so passieren, die vom Himmel fallen wie von Zauberhand. Nein, alles was die Menschen später in der Lage sein werden zu tun, wird ihr eigener Forschungs- und Erfindungsgeist hervorgebracht haben, so wie wir unsere Hütten bauen, die Pfeile spitzen und den Bogen mit der Sehne spannen. Ich werde noch manches erzählen, was sich wundersam anhören wird. Aber ich wiederhole mich. Also weiter: Viele Dinge, die die Menschen erschaffen werden, bringen Freude ihnen oder erleichtern ihnen die Arbeit oder nehmen sie ihnen gar ganz ab.

Wer tanzen will, wird nicht mehr singen oder die Trommel spielen müssen. Er wird Vergnügen daran haben, flache Scheiben oder lange Bänder für sich singen zu lassen. Er fängt die Musik ein, die in weiter Ferne gespielt wird, mit etwas, was er erfunden hat, und hält sie an sein Ohr oder lässt sie in seiner Hütte wieder frei, leise für sich oder aber ganz laut, dass auch der Nachbar mithören kann.

Geschichten werden nicht mehr erzählt. Es wird möglich sein, dass einer, der fort gewesen ist, seine Erlebnisse eingefangen hat und sie mitbringt, um sie seinen Freunden und seiner Familie zu zeigen. Wenn er also auf einen Berg gestiegen ist, dann wird er es nicht erzählen, nein, die anderen können Tage, ja, viele Monde später und wann immer sie wollen den Aufstieg mit ansehen als wären sie selbst dabei gewesen. Das wird ihnen Freude machen.

Dinge, die die Arbeit erleichtern, sollen den Menschen Maschinen heißen. Es wird eine Menge Maschinen geben, für alles und jedes, für jegliche Tätigkeiten. Maschinen, die den Acker pflügen, die ihn wässern und den Samen auf ihm ausstreuen, Maschinen, die die Früchte ernten und solche, die sie ihrer Verwendung zuführen. Alle diese Maschinen helfen den Menschen, dass sie es gut haben und nicht mehr so hart arbeiten müssen. Deshalb gibt es dann auch Maschinen, die wiederum ihrerseits die Gefäße und Körbe bauen, von denen ich bereits erzählt habe, die Gefäße und die Körbe, die fahren oder fliegen. Es wird Maschinen geben, die die Musikscheiben und -bänder herstellen. Schließlich wird es Maschinen geben, die die Maschinen bauen und immer so weiter."

Hier verharrte der alte Mann und erbat sich eine kleine Pause. Sie sahen ihn die Augen schließen und nachdenklich den Kopf schütteln, erging es ihm doch wie seinen Zuhörern. Es war doch alles schwierig zu verstehen. Entschuldigend fuhr er fort:

„Freunde, es sind so viele Dinge, die ich versprochen habe, euch zu erzählen, dass ich leicht Gefahr laufe, etwas zu vergessen oder alles durcheinanderzuwerfen. Was mir in diesem Augenblick eingefallen ist, sind die vielen Wasser der Menschen in der Zukunft. Natürlich werden sie das Wasser haben, das auch wir kennen. Das Wasser in den Flüssen, Meeren und Seen und das Wasser, welches aus den Quellen sprudelt, das, welches vom Himmel fällt oder auch das, welches aus dem Schnee gewonnen werden kann.

Sie werden aber noch viel anderes kennen. Da gibt es dann das Wasser, das nicht zum Trinken oder Kochen da ist, sondern welches die Menschen sich an ihre Leiber wischen, um einen anderen Geruch anzunehmen. Sie werden vielleicht wie Rosen riechen, wie Veilchen oder gar ganz anders und fremd, wie es niemand heute kennt. Jeder wird Wert darauf legen, anders und besser zu riechen als der andere, und keiner wird mehr riechen wie er selbst.

Dann wird es Wasser geben, das von Krankheiten befreit. Für jede Krankheit ein anderes Wasser wird es geben. Die Menschen werden Wasser kennen, nach deren Genuss sie fröhlich werden oder gut schlafen können, Wasser, das den Bauch beruhigt oder das Herz ruhiger schlagen lässt.

Auch für die Pflanzen wird es besondere Arten von Wasser geben, dass sie schneller wachsen und größer werden, dass ihre Früchte prall sind und von großer Zahl sowie von Wurmstichen verschont. Die Menschen werden selbst entscheiden können, zu welcher Stunde das Wasser auf die Felder kommt, denn sie leiten es in Bahnen, wohin sie wollen und wann sie wollen, sogar bis hinauf in die steinernen Hütten. Die Menschen werden Gewalt haben über das Wasser. Und nicht nur das! Sie werden Sonne machen können, dass die Nacht zum Tag wird und dass sie sogar braun werden unter dieser von Menschen gemachten Sonne. Auch den Wind werden sie erzeugen, den warmen und den kalten Wind, je nachdem, nach was ihnen gerade der Sinn steht, was ihnen gerade ange- nehm erscheint. So machen die Menschen es sich im kalten Winter warm und im heißen Sommer wohltemperiert und kühl.

Die folgenschwerste Erfindung des Menschen aber wird etwas sein, das ich schwer fassen konnte, als die Stimme zu mir sprach. Um so schwieriger fällt es mir nun, sie euch zu erklären. Dennoch muss ich es versuchen, so gut es eben geht. Es ist etwas, das wir heute natürlich noch nicht kennen, genauso wenig wie all die anderen wundersamen Dinge, von denen ich euch erzählt habe. Aber mit dieser menschlichen Erfindung hat es eine ganz besondere Bewandtnis, denn sie wird in der Hierarchie der Wichtigkeiten ganz weit oben stehen und das Zusammenleben der Menschen maßgeblich bestimmen. So wird es bestimmen, wer in einer Gruppe die Führung übernimmt, Rat gibt und Recht spricht. Das werden nämlich diejenigen Menschen sein, die von diesem Etwas am meisten besitzen, anders als bei uns, wo die ältesten und weisesten Männer zu Häuptlingen reifen.

Dieses Etwas wird einmal sehr wichtig sein, so wichtig, dass man ohne dieses Etwas nicht mehr gut leben kann. Alle werden danach streben, alle wollen es haben. Es wird im Zentrum allen menschlichen Denkens und Handelns stehen und das, obwohl man es nicht essen kann, obwohl es nicht wärmt, obwohl es den Durst nicht stillt und obwohl es also eigentlich, wenn man es genau bedenkt, zu gar nichts gut ist. Am Ende der Entwicklung wird dieses Etwas sogar komplett unsichtbar sein und dennoch wird es nichts von seinem Einfluss verlieren, dennoch wird sich weiter alles darum drehen. Aber ich greife vor. Ich muss erzählen, wie es passieren wird. Ich hab es auch nicht wirklich allumfassend verstanden, aber ich erzähle mal so gut wie ich es vermag. Wo fange ich an?

Der weise, alte Mann überlegte sichtbar angestrengt, während sich seine knorrigen, von der Sonne gebräunten Finger fest um den Holzstab schlossen, den er gedankenverloren aus einem Lederbeutel gezogen hatte, den er an einem Strick um seine Hüften trug.

„Wir hier im Dorf, wir teilen uns die Früchte, Wurzeln, Pilze und Kräuter, die wir finden und essen gemeinsam von dem Fleisch der Tiere, die wir jagen. Ein jeder hilft bei allem, was uns zu tun gegeben ist, so gut er kann und bekommt so viel er braucht. Nun soll es später so sein, dass die Menschen alles, was sie so brauchen, nur erhalten, wenn sie etwas dafür im Tausch geben können. Also wenn ich jemandem, der gejagt hat, zum Beispiel einen Korb Pilze bringe, gibt er mir im Gegenzug eine Scheibe Fleisch von seiner Beute ab. Jetzt kann es aber passieren, dass es möglicherweise gerade niemanden gibt, der ein Tier erlegt hat und ich bekomme für meine Pilze nicht mein gewünschtes Fleisch. Dann muss ich so lange suchen, bis ich jemanden gefunden habe, der Fleisch abzugeben hat und der zudem auch noch den Wunsch hat, Pilze zu essen. Es kann also gut sein, dass dieser, der Fleisch hat, sich nicht für meine Pilze interessiert. Und über all der Lauferei sind die Pilze verdorben.

Die Menschen werden dieses Problem erkennen und sie finden die Lösung darin, dass sie zum Tauschen besondere Bohnen verwenden, Muscheln, Zähne oder Perlen. Dann sind vielleicht meine Pilze drei Muscheln wert, die ich von einem Interessenten erhalte, und diese drei Muscheln gebe ich dem, der Fleisch abzugeben hat.

Die Muscheln sind ein Tauschmittel. Die Menschen haben dann also bestimmt, dass man diese Muscheln gegen alles, was man braucht, eintauschen kann. Aber dabei wird es nicht bleiben. Es folgen noch viele weitere Entwicklungen. Statt der Bohnen, Muscheln, Zähne oder Perlen werden immer neue und andere Tauschmittel Verwendung finden, so zum Beispiel welche, die schwer in der Hand wiegen, glänzen und aussehen wie ein flacher Wassertropfen. Da aber diese Tauschmittel so schwer sind, haben die Menschen es irgendwann leid, sie in Säcken mit sich herumzutragen, und so erfinden sie ein ganz leichtes Tauschmittel. Ich stelle es mir vor wie die Blätter an den Bäumen. Auf jedem dieser Blätter steht geschrieben, welchen Wert das jeweilige Blatt hat, dass das Blatt zum Beispiel fünf glänzende Tropfen wert ist, für das ich diese Menge Pilze oder jenes Stück Fleisch erhalten kann, obwohl es eigentlich nur ein Blatt ist, ein einfaches, künstliches Blatt, das die Menschen selber geschaffen und gekennzeichnet haben und welches es millionenfach gibt.

Aber es heißt, alles werden sich die Menschen mit Hilfe dieser Blätter an Wünschen erfüllen können. Wer viele dieser Blätter in seinen Händen hält, wird sich eine schöne Hütte bauen können, er wird durch die Luft fliegen, er wird sich sein Essen nach Wunsch kommen lassen und er wird sogar machen können, dass andere Menschen für ihn etwas tun, während er selber auf seiner Matte liegen bleibt und schläft. Wer von diesen Blättern viele hat, und mehr als alle anderen, kann über seine Mitmenschen beinahe nach Belieben bestimmen und verfügen. Wer von diesen Blättern sehr viele hat, entscheidet über die Geschicke der Menschheit. Es wird heißen, diese Blätter regieren die Welt."

Als der alte Mann hier Luft holte, nutzten ein paar Zuhörer diese Pause und meldeten sich zu Wort: „Lasst uns nun abstimmen!" drängten sie. Die Gesichter vor Erregung gerötet, fieberten sie der Abstimmung entgegen. Doch der Alte sprach:

„So wie jedes Ding zwei Seiten hat, so wie auf den hellen Tag die dunkle Nacht folgt, wie auf den warmen Sommer der kalte Winter, so gibt es auch bei der Zukunft neben der, euch nun schon bekannten, eine zweite, ich will sagen, bedenkliche Seite.

Erinnert euch an dieser Stelle, dass eine Abstimmung nicht erfolgen darf, bevor nicht über eine Sache alle Wahrheiten zur Kenntnis gelangt sind. Abstimmen kann und sollte man nur, wenn man über das ganze Wissen verfügt, das zu einer Sache gehört, wenn man tiefe Einsicht und Kunde bekommen hat. So soll es sein. Ich bete, dass es niemals passiert, dass Menschen von dieser Weisheit abweichen. Die Wahrheit ist mit das höchste Gut.

Ich sprach zu euch von den vielen Wassern. Also auch von den Wassern, die die Pflanzen wachsen lassen und die Würmer von ihnen fernhalten. Eben diese Wasser töten andere Pflanzen. Pflanzen, die dem Menschen als niedere Pflanzen gelten, da sie scheinbar keinem Zwecke dienen als nur dem, zu grünen und zu blühen. Schon an dieser Stelle könnt ihr hören, dass dem Menschen in der Zukunft Wahrheit verloren gegangen sein wird. Aber weiter.

Eben diese Wasser, die die scheinbar niederen Pflanzen, die die Menschen als Unkraut bezeichnen werden, vernichten, schädigen und töten die Würmer, die Bienen, die Schmetterlinge, die Käfer und all das andere liebe Gottesgetier, das sich an diesen Pflanzen nähren möchte. Und wenn dann also ein Vogel kommt, der einen vergifteten Käfer oder Wurm frisst, so muss er sterben. Und wenn dann ein Fuchs kommt, der den Vogel frisst, so muss auch er sterben. So verteilt sich das Gift weiter und weiter.

Schließlich werden auch die Menschen das Gift in ihrer Nahrung vorfinden, werden es mit ihrem Wasser zu sich nehmen, erkranken und, wenn es schlimm kommt, daran auch sterben.

Die Lebenden werden mehr und mehr das Wasser gegen die Krankheiten benötigen, Wasser, das sie beruhigt, Wasser, das sie lustig macht oder vergessen lässt und sie werden es irgendwann bitter nötig haben und ohne dieses Wasser nicht mehr leben wollen."

Der Weise holte tief Luft. Dieses Mal blieb alles still. Niemand wagte es, die Stimme zu erheben, es schien, als hielten alle den Atem an.

„Ich erwähnte die Scheiben und Bänder, die singen können und die Maschinen, die Erlebtes erzählen und zeigen. Diese werden einen großen Raum in der Menschen Leben einnehmen. Die Zeit, die sie gewonnen haben, weil Maschinen ihnen die viele und schwere Arbeit abnehmen, wird ihnen auf diese Weise wieder entzogen und das, ohne dass die Menschen sich in Gänze darüber bewusst werden. Einen solch´ großen Raum werden diese

Maschinen für sich in Anspruch nehmen, dass manch einer das wahre Leben um sich herum fast ganz vergessen haben wird. Er wird vergessen, mit seiner Frau zu sprechen, mit seinen Kindern zu spielen oder nach seinen alten Eltern zu sehen. Sogar fortschicken wird er sie, dass andere Menschen sich um sie kümmern und er sich ganz und gar und fast ausschließlich den Scheiben, Bändern und, wie soll ich sagen, den Erlebniskästen widmen kann. Er wird einfach lieber mit den Maschinen sprechen und spielen und sich den fahrenden und fliegenden Körben und Gefäßen zuwenden wollen, ganz so als seien diese nun seine Nächsten.

Seine Frau, seine Kinder und seine Eltern werden traurig sein oder böse, viel von den Wassern gegen die Traurigkeit und gegen die Krankheiten trinken und sich selber von ihm und voneinander abwenden. Auch sie werden Scheiben und Bänder hören, sich vor die Erlebniskästen setzen und mit Maschinen sprechen und spielen.

Und bedenkt in diesem Zusammenhang die Rolle der gekennzeichneten Blätter. All das wird nämlich vom Streben nach diesen scheinbar wertvollen Blättern gelenkt. Das stört die Menschen aber nicht, denn sie werden es lange gar nicht begreifen. Nein, sie werden an diese Blätter glauben als seien sie mächtige Götter. Alles werden sie diesen von Menschen erschaffenen Göttern unterordnen. Nichts wird den Menschen wichtiger erscheinen, sie werden diese Blätter über alles stellen, über die Natur, über die Gesundheit, über die Freiheit, gar über die Gemeinschaft und über die Liebe.

Irgendwann wird ein jeder allein sein. Irgendwann wird ein jeder vergessen haben, dass die Scheiben und Bänder, die Erlebniskästen und all die anderen Maschinen keine Menschen sind, nicht leben und kein Herz haben. Schon die kleinsten Kinder werden sich nicht mehr in den Augen einer liebenden Mutter finden und die Welt erkennen, sie werden ihr junges Gehirn angefüllt bekommen mit all dem, was die Erwachsenen zu ihrer Erbauung erschaffen haben, und es wird für die Kindlein reines Gift sein und ihre Entwicklung in eine Richtung lenken, die ihnen und ihren wahren Bedürfnissen in keiner Weise entspricht. Niemand wird es merken, denn das Wissen darüber wird längst verloren gegangen sein.

Am Ende wird die Zeit kommen, da die Menschen die Geschichten aus den Erlebniskästen mit der Wirklichkeit verwechseln. Und weil es viele böse Geschichten gibt, nur die Götter mögen wissen, warum, werden die Menschen ihren Geist vergiften und die Güte in ihren Herzen verlieren, dass sie selber böse werden und schlimme Dinge ersinnen. Ja, es wird die Zeit kommen, da werden sie die Maschinen nutzen, ihre Brüder und Schwestern zu quälen und zu töten, sie werden regelrechte Tötungsmaschinen bauen, mit denen sie nicht das Wild erlegen zu ihrem täglichen Bedarf, sondern ganze Familien oder ganze Stämme ausrotten, von denen man ihnen in den Erlebniskästen erzählt hat, sie seien schlecht, minderwertig oder gar gefährlich und man müsse sich gegen sie zur Wehr setzen und sie unschädlich machen, sie vernichten. Man wird ihnen weisgemacht haben, dass die anderen Familien und Stämme dasselbe mit ihnen vorhatten, so dass man einsehen wird, dass man der Erste sein muss, der zuschlägt.

Mit großen Maschinen wird man über das Land der sogenannten „Feinde" - ein Wort, das ich am liebsten gleich wieder vergessen würde - herfallen und es dem Erdboden gleich machen.

Noch weiter fortgeschritten in der Zeit der Zukunft braucht ein Stammesführer nur noch auf eine Perle zu drücken, um mit der Zerstörung zu beginnen. Die Erde öffnet sich und heraus schießt eine riesige und lange Flugmaschine, die den Weg durch die Luft zum „Feindesland" ganz von selber findet und sie wird dort für immer und ewig alles zerstören und das Land dort für alle Zeit unbewohnbar machen. Allerdings kann dieses Schicksal auch den eigenen Stamm ereilen, denn auch die Feinde besitzen Maschinen dieser Art.

Haben die Menschen großes Glück, haben sie Vernunft und Mitgefühl, und können sie sich noch zur rechten Zeit besinnen, bleibt ihnen dieses böse Ende erspart.

Leider gibt es noch weitere Gefahren, durch die die Menschen in der Zukunft bedroht werden, ich könnte auch sagen, die die Menschen sich selber zuzuschreiben haben. Denn mit den Erfindungen und Errungenschaften, mit all diesen den Menschen zunächst schön erscheinenden Dingen sind in den allermeisten Fällen Bedrohungen und Risiken verbunden.

Erst denken die Menschen, - und verstehen kann ich das nicht - es werde nur die Natur treffen, die Luft, das Wasser, den Boden und die pflanzlichen und tierischen Wesen, die die Menschen bis zuletzt nicht als zu sich gehörend empfinden werden, aber irgendwann bekommen sie am eigenen Leib das Unheil zu spüren. Erst werden Bäume und Sträucher verschwinden, dann die Tiere und mit ihnen schließlich auch die Menschen selbst.

Alles wird nur noch Stein und Sand und Staub sein und es wird nichts mehr zu finden sein, was an die gute Mutter Erde erinnert, auf der wir heute leben und die uns versorgt in ihrer Liebe und Güte."

So schloss der Weise seine Rede. Er sah auf die Menschen, die stumm und nachdenklich um ihn herum saßen. In einigen Augen sah er Verunsicherung, Schreck gar, und so manche Träne sah er glänzen und eine Wange hinunterkullern, sah Hände, die sie verschämt fortwischten. In anderen Augen sah er ein ganz anderes Glänzen aufblitzen, ein Glänzen voller Energie und Leidenschaft, aber auch voller Härte und Verbissenheit. Niemand regte sich. Da sprach er:

„Eine alte Regel besagt, dass man eine Nacht schlafen soll, bevor man eine wichtige Entscheidung trifft. So wollen wir es auch halten. Freunde, lasst uns schlafen gehen. Nehmt euch Bedenkzeit. Morgen, wenn die Sonne hinter dem Berggipfel des mächtigen Mirayi ihre ersten Strahlen zu uns schickt und der Schatten des Berges sich hinter den Fluss zurückgezogen hat, wollen wir uns hier wieder zusammenfinden und über die nämliche Frage abstimmen:

>Soll es eine Zukunft geben, eine Zukunft mit Veränderungen, Fortschritt und Er-findungen aller Art oder soll das Leben so bleiben wie es ist, in gleichen bekannten und vertrauten Bahnen weiterlaufen?<

Mit der Bedenkzeit war man einverstanden und unter Raunen und Gestikulieren löste sich die Gruppe auf. Einige gingen in ihre Hütten, andere hinunter zum Fluss, ein paar liefen in die Berge und manche blieben am Feuer sitzen, wo der alte Mann schweigend saß und müde und erschöpft aussah.

„Ich weiß es jetzt schon, ich werde gegen die Zukunft stimmen", entfuhr es einem ernst dreinblickenden Mann mit dunklem Bart.

„Gut, dass du es aussprichst," Erleichterung klang aus der Stimme des Freundes, der am Feuer bei ihm saß. „Ich liebe meine Frau und meine Kinder, ich ehre meine Eltern und mag sie nicht fortschicken oder gar vergiften oder was immer der Mann erzählt hat. Es klang schrecklich."

„Empfand ich auch so", nickte seine Frau aufgeregt und der Holzschmuck an ihren Händen rasselte bei ihren schnellen Bewegungen. „Was nutzen uns all die wundersamen Dinge, all die großartigen Erfindungen, wenn wir das Wichtigste im Leben dafür verlieren?"

„Unsere Herzen,", flüsterte die Freundin, die bei ihr war. Sie zitterte als wäre ihr ein böser Geist erschienen. „Am Ende das Leben selbst".

Der alte Mann hatte die Meinung der vier Freunde vernommen. Er sah in ihren Gesichtern, was sie fühlten. Es waren gute Menschen. Er erhob sich und ging zu jeder

Hütte im Dorf, zu hören, was gesprochen wurde. Und was er hörte, ließ ihn die Stirn in Falten legen. Er ging hinunter zum Fluss, zu hören, was gesprochen wurde. Und was er hörte, ließ ihn erblassen und seine Arme wurden schwer. In die Berge lief er, zu hören, was gesprochen wurde und er senkte den Kopf, seine Beine wollten ihn kaum noch tragen.

Als die Sonne langsam begann, unterzugehen, kam er müde ins Dorf zurück, wo er sich auf einer Matte für die Nacht zur Ruhe legte. Sogleich überkam ihn ein tiefer, fester und traumloser Schlaf wie er selten ihn kannte.

Am nächsten Morgen wurde er durch lautes Schreien und Wehklagen geweckt. Erschrocken fuhr er von seinem Lager hoch und wankte schlaftrunken noch und auf einen Stock gestützt in die Mitte des Dorfes, von wo er die Rufe vernommen hatte. Dort standen Kinder, große und kleine, und Männer und Frauen, alte und junge, und bildeten einen Kreis um irgendetwas in ihrer Mitte. Alle weinten und klagten. Als der weise alte Mann bei ihnen ankam, starrten sie ihn mit aufgerissenen Augen an. Er sah Angst und Verzweiflung, aber auch Wut. Man machte ihm Platz und ließ ihn durch.

Ihm wurde schwindelig bei dem Anblick, der sich ihm bot. Er taumelte. Man musste ihn stützen.

Vor ihm an der Feuerstelle sah er den ernsten, bärtigen Mann und dessen Freund, seine Frau und ihre Freundin tot am Boden liegen. Erschlagen. Mit Steinen und Stökken. Sie lagen noch neben den Toten. Blut sickerte aus den klaffenden Wunden und bildete kleine dunkle Rinnsale und Seen im Sand.

Es war der Tag der Abstimmung, der Tag, an dem es galt, über die Zukunft der Menschheit zu entscheiden.

Gestern hatte der Weise alle Bewohner im Dorf kennengelernt und er kannte ihre Zahl. Er hatte ihnen alles erzählt, was ihnen zu wissen gegeben werden sollte. Nun sah er die guten alten Männer und Frauen klagen, die Kinder sah er weinen. Er sah auch die Leute mit den verbissenen Gesichtern und den kalten Augen und wusste, sie hatten gewonnen.

Schweigend wandte er sich zum Gehen, strich einem kleinen Mädchen, das am Daumen lutschte und seinen Arm schützend vor sein süßes Gesichtchen hielt, sanft über seine weichen, blonden Locken und schaute traurig in seine blauen Augen. Er wusste, dass diese Kleine die Welt ab jetzt nie mehr so unschuldig und froh betrachten würde können wie es gestern noch möglich gewesen war. *Was wird aus ihr werden ?* Er nickte den Umstehenden bekümmert zu.

Langsam und schweren Schrittes lief er dem Fluss zu. Das Wasser glitzerte hell und klar und vielerlei Arten Fische schienen fröhlich miteinander fangen zu spielen. Am Ufer grünte es üppig, alles blühte saftig und in bunten Farben. Bienen und Hummeln summten in den Blütenkelchen, Libellen wirbelten durch die Luft und Mücken tanzten im Licht der Morgensonne. In den Zweigen der ehrwürdigen Bäume erklangen die Gesänge die ersten Vögel des neuen Morgens.

Wie schön doch alles ist. Ganz *vollkommen.*
So klug, wie die Erscheinungen der Natur
aufeinander abgestimmt sind. Alles und
Jedes hat seinen Platz darin und seinen
Sinn. Und der Mensch... ?

Der Mann zog den Stab, den er unter seinem
Gewand getragen hatte, hervor, brach ihn
über seinem Knie entzwei, trat nahe an das
Ufer heran und übergab die Teile der vor-
beiziehenden Strömung. Lange blickte er
den zwei Stöckchen nach.

Als sie seinen Augen entschwunden waren
und er seinen Blick zum mächtigen Berg-
massiv des Mirayi erhob, war ihm, als sei
irgendetwas anders als sonst. Er konnte
nicht sagen, was es genau war, aber es lag
ein seltsamer Schimmer über dem Gipfel,
der sich zu bewegen schien. Der Alte hatte
das Gefühl, als käme etwas näher, ohne dass
irgendetwas zu sehen gewesen wäre.

Jahre später erst verstand er: Das Rad der
Zukunft hatte begonnen, sich zu drehen.

Epilog

Was ist der Mensch? Ein Erdenbewohner, ja. Ein Lebewesen unter vielen anderen auf diesem Planeten, ja. Aber steht er auf gleicher Ebene mit den Tieren und Pflanzen oder ist er die viel zitierte Krone der Schöpfung?

Bisher meinte man, der Mensch sei das einzige Wesen mit einem Bewusstsein. Aber ist das wirklich wahr? Und wenn es wahr ist, was schließen Menschen daraus? Rechtfertigt dieses Bewusstsein jedwedes Verhalten?

Der Mensch unterscheidet sich durch sein nachweislich leistungsfähiges Gehirn von den anderen Schöpfungskreaturen. Aber berechtigt es ihn, alles auf Erden zu tun, was ihm in den Sinn kommt? Hieß es nicht einst im Buch Genesis, der Mensch solle die Schöpfung bewahren?

Mittlerweile weiß man, dass Tiere spielen und dass sie sogar lachen, dass sie lernen können und dass sie in gewissem Maße sogar zu lösungsorientiertem Denken in der Lage sind.

Natürlich kann der Mensch mehr. Daran besteht kein Zweifel. Er kann alle diese Dinge tun, von denen der weise alte Mann den Dorfbewohnern in der Geschichte erzählt. All diese interessanten und großartigen Dinge, die der Weise kaum beschreiben kann, da ihm die passenden Worte dafür noch gar nicht zur Verfügung stehen:

Der Mensch fährt in Autos und Zügen umher oder fliegt in Flugzeugen durch die Lüfte und mit Raketen ins All. Er baut Wolkenkratzer, legt Strom-, Telefon- und Wasserleitungen, (WLAN gab es in dem heutigen Sinne 1987 noch nicht) erfindet Parfüm und Medizin, braut Bier und ringt der Erde durch industrielle Landwirtschaft riesige Ernten ab, die die Menschen des gesamten Planeten ernähren könnten, würden sie gerecht verteilt. Durch seinen Einfallsreichtum ist es dem Menschen gelungen, Gegenden zu bewohnen, die faktisch zu unwirtlich sind, um Leben zu beherbergen.

Der Mensch dringt auf die höchsten Berggipfel vor und taucht bis in die Tiefsee hinab. Er spaltet Atome, von denen er einst glaubte, sie wären die kleinsten und eben nicht mehr teilbaren Teilchen, ... und nötigt dem Planeten Müll mit tödlicher Strahlung auf.

Statt die Schöpfung zu bewahren, greift der Mensch auf eine Weise gestaltend und verändernd in sie ein, dass er Stück für Stück seine eigene Lebensgrundlage zerstört. Und das sehenden Auges!

Ein starker antreibender Faktor bei alledem besteht in dem Kampf ums Geld, (wir werden schon bald merken, dass man es nicht essen kann). Reichtum anzuhäufen, scheint dabei zu einem Selbstzweck geworden zu sein, denn wer wollte da behaupten, er bräuchte zum Leben wirklich jährlich Hunderte von Millionen nur allein für sich und seine Familie?

In Zeiten der Globalisierung und des Turbokapitalismus' mutiert der Nächste, den es doch zu lieben gilt wie man sich selbst liebt, hauptsächlich zu einem lenk- und manipulierbaren Konsumenten oder zum Dienstleister, der eine erwünschte

Funktion erfüllt. Alle greifen gierig zu und nehmen aus dem Geldtopf so viel wie sie nur irgend kriegen können.

Turbokapitalismus ist Spaltung der Gesellschaft, ist Bürgerkrieg, ist ein Krieg jeder gegen jeden - bellum omnium contra omnes! Jeder ist sich selbst der Nächste, nutzt den Anderen für seine Zwecke und geht hierbei nicht nur sprichwörtlich über Leichen. Reichtum ermächtigt dazu, über die Geschicke anderer Menschen zu bestimmen, sie zu verdummen, auszunutzen, abzuweisen, festzunehmen, hinzurichten...

Ich schreibe dies, während in der Ukraine seit über drei Jahren Krieg tobt, während der Gaza-Streifen dem Erdboden gleichgemacht und in den USA sukzessive die Demokratie abgeschafft wird. Und das ist, wie wir nur zu gut wissen, nur die Spitze des Eisberges.

Wie kann das sein? Warum kommt es immer und immer wieder so weit, dass Menschen einander zu Feinden werden und sich mörderisch bekriegen ? Wie ist es möglich, dass sie sich noch im 22. Jahrhundert niedermetzeln als hätten sie nie eine Entwicklung durchlaufen, als hätten sie keinerlei Bildung erhalten in Religion, Kunst und Kultur, Philosophie und Psychologie, Politik, Staatsführung und Demokratiegeschichte, Moral, Ethik, Werte und Normen, Pazifismus und Nächstenliebe?

Gibt es vielleicht tatsächlich diesen Todestrieb im Wesen des Menschen, diesen Drang nach Tod und Zerstörung wie Sigmund Freud ihn als „Thanatos" in seiner psychoanalytischen Lehre postuliert? Ist es dem Menschen daher auf die Dauer nicht möglich, sich zwischen Gut und Böse für die richtige Seite zu entscheiden?

Fast vierzig Jahre ist es nun her, dass ich die Schule verließ. Fast mein ganzes Leben schon treibt mich die Frage um, wie denn die Menschheit auf diesem Planeten überleben kann angesichts der fortschreitenden Umweltzerstörung und angesichts der vielen zwischenmenschlichen Aggres-

sionen und kriegerischen Auseinander-
setzungen.

Dabei gab es Zeiten mit vielen guten Ideen,
die uns in eine bessere Richtung hätten
führen können. Denken wir nur an die
Friedens- und Anti-Atomkraftbewegung
der 70er und 80er Jahre.

Auf technischem Gebiet wäre es an vielen
Stellen möglich gewesen, den Hebel um-
zulegen. So hätten wir zum Beispiel schon
damals das 2,5 Liter-Auto bauen können.
Haben wir aber nicht. Und heute könnten
wir längst Wasserstoff als Antrieb nutzen,
haben aber lieber den Umweg über die
Elektroautos genommen, um erst einmal
das Geld abzugreifen, das es damit zu
verdienen gibt. Dafür nehmen wir auch
ungerührt Entwaldungen, Bodenerosion-
en und Wasserverschmutzung in Kauf. Es
bleiben furchtbar verwüstete Landstriche
in Bolivien, im Kongo oder in Chile zurück,
wo der Abbau der für die Herstellung der
Batterien und Motoren notwendigen Roh-
stoffe wie Lithium, Kobald oder Nickel
erfolgt. Ist es uns so egal, weil es weit von

uns entfernt ist? Das ist nur ein Beispiel aus all den Fehltritten des Menschen auf dieser unserer schönen Erde.

Aber wer bin ich, dass ich mich hier als Moralapostel hervortue? „Ich bin nur ein Mädchen, das sagt, was es fühlt. Allein bin ich hilflos, ein Vogel im Wind, der spürt, dass der Sturm beginnt..." (Nicole, Ein bisschen Frieden, 1982). Was weiß denn ich!?

Was ich aber weiß, ist, dass sich am Ende der Mensch gar nicht mehr von den anderen Kreaturen auf diesem Planeten unterscheiden wird. Am Ende wird es nicht mehr um die Frage gehen, welche Kreatur der anderen überlegen ist. Am Ende sitzen wir alle in dem selben Boot und werden zusammen untergehen, mit Mann und Maus. „Vielleicht gehen uns die Maikäfer nur ein kleines Stück voraus" (Reinhard Mey, Es gibt keine Maikäfer mehr, 1974).

In meiner Jugend war ich über Folgendes oft so traurig: Wir lernten in der Schule, in Biologie, Erdkunde, Sozialkunde oder Geschichte, viel über die Vergangenheit, konnten uns ein Bild von der Entwicklung der Erde und der Evolution seiner Lebewesen machen und bekamen ein Verständnis dafür, wie wir dorthin gelangt waren, wo wir jetzt standen. Ich fand es faszinierend, das alles zu wissen. Aber was war mit der Zukunft? Was würde noch alles kommen? Ich würde doch nie erfahren, was nach uns käme!

Heute denke ich manchmal ganz fatalistisch, dass ich möglicherweise bald behaupten kann, ich sei bis zum Ende dabei gewesen, dass ich also alles über die gesamte Menschheitsgeschichte erfahren werde.

Der Mensch ist klug. Er kann so viel mehr als jedes andere Wesen auf dieser Erde. Er übertrug sich die biblische Aufgabe, die Erde zu bevölkern, sie zu bebauen und sie sich und alle Kreaturen darauf untertan zu machen.

Aber er ist nicht weise. Getrieben von Wünschen und Gelüsten zerstört er die Lebensgrundlage für alle. Sehenden Auges rennt er in sein Verderben. Das kann mit Weisheit nichts zu tun haben. Wider besseren Wissens auf die Apokalypse zuzusteuern, nur weil man die schlimmen Folgen seines heutigen Handelns in der Zukunft weniger fürchtet als den Verlust seiner aktuellen Bequemlichkeit, seines Luxuslebens und seines Strebens nach Ruhm, Ehre, Reichtum und Macht, kann ich nur als wirklich dumm bezeichnen.

Der Mensch macht einfach alles, was er kann. Sein Erfindungs- und Forschergeist ist groß und macht offenbar vor gar nichts Halt.

Und so komme ich zu dem Schluss, dass es einfach nicht anders sein kann:

Alles deutet darauf hin, dass es in der frühesten Menschheitsgeschichte so gewesen sein muss, wie ich es als junge Frau in *Die Weissagungen des Mirayi -Der Anfang vom Ende* niedergeschrieben habe. Es muss diese Abstimmung über die Zukunft und

das Schicksal der Menschheit gegeben
haben. Anders kann ich mir das alles nicht
erklären.